妖怪醫院 7

我是妖怪醫生的助手！

文 富安陽子　圖 小松良佳　譯 游韻馨

春天的腳步近了。在某個星期六的上午，
我在趕回家的途中，來到熟悉的十字路口，
突然聽見鬼燈球魔法鈴的鈴聲。
鬼燈球魔法鈴是
打開通往妖怪世界大門的鑰匙。
到底是誰，為了什麼原因搖鈴，
讓鬼燈球魔法鈴響了起來？
通往妖怪世界的大門打開了，我再次踏進妖怪世界。
在那裡等著我的是……

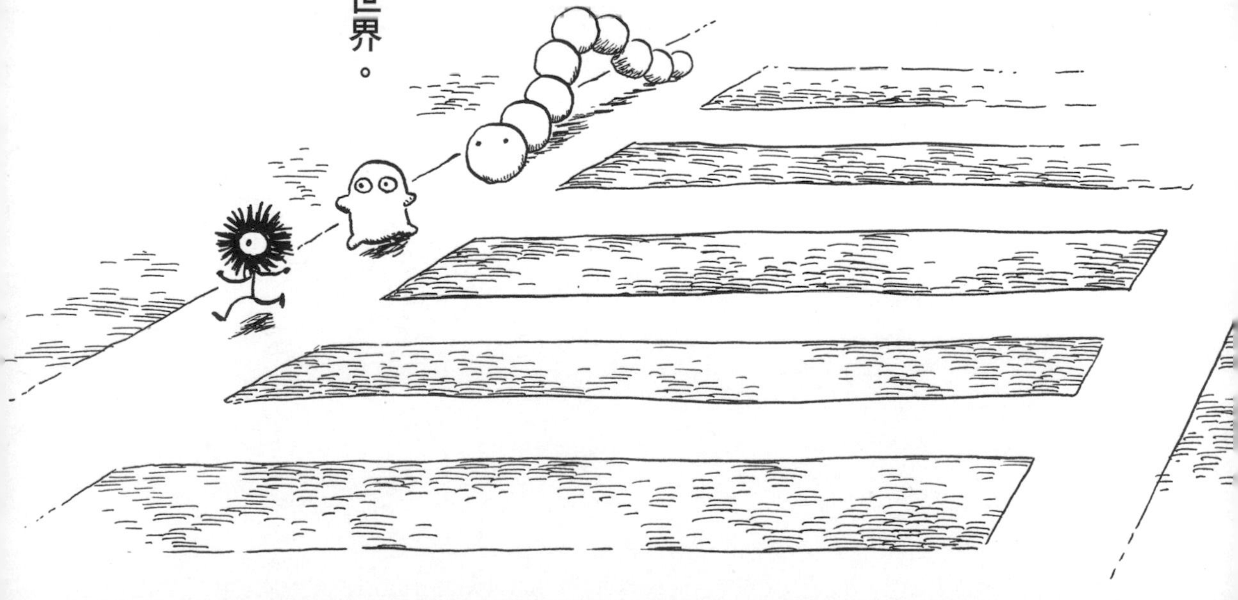

目錄

妖怪醫院 7

我是妖怪醫生的助手！

文 富安陽子　圖 小松良佳　譯 游韻馨

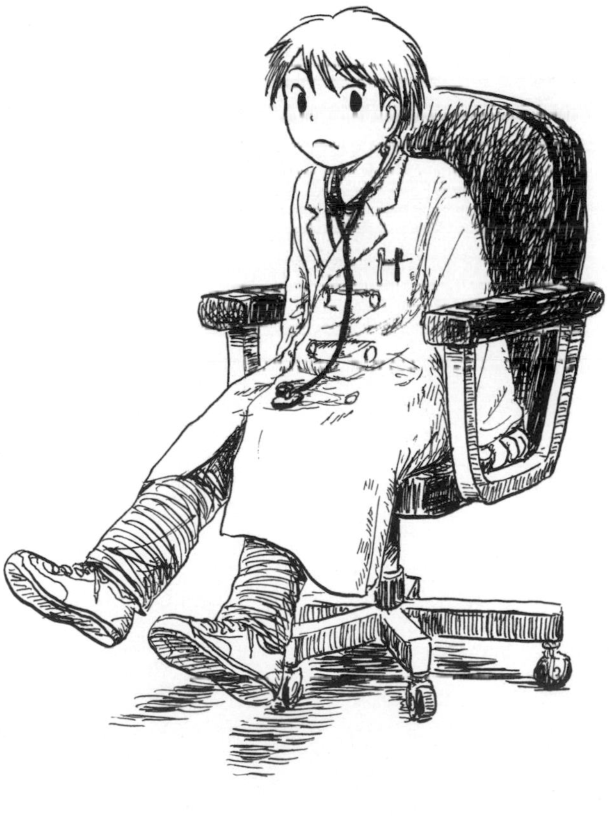

1 鬼燈球魔法鈴響了！

外頭的風還帶著涼意，但灑落在地上的陽光已帶來些許春天的氣息。

星期六上午十一點四十五分，我從羽束神社往門前町的大馬路跑去。

今天出門前，媽媽特地交代我要在中午前回家，為了聽媽媽的話，我現在必須趕回家不可。早上在運動公園和同學練習足球，沒想到玩得太忘我，沒發現已經這麼晚了。

我抬頭一看，發現前方十字路口的綠燈開始在閃，我想趕在變成紅燈前過馬路，於是加快腳步跑過去。就在我快要通過十字路口前方的郵筒時，突然聽見叮鈴、叮鈴、叮鈴的鈴聲。冬天的空氣較冷冽，使得鈴聲聽起來更加清脆。

鈴聲使我分心，我忘了還要趕著過馬路，就立刻停在郵筒前。

「欸！」我看見郵筒後方的小巷，忍不住驚叫出聲，「這是怎麼一回事？」

我趕緊翻找衣服的口袋，擔心是不是自己不小心將鬼燈球魔法鈴放在口袋裡了。

鬼燈球魔法鈴是鬼燈醫生送我的特別謝禮，這是一把可以打開那個世界與這個世界的大門的鑰匙。

那個世界與這個世界指的是妖怪世界與人類世界，鬼燈醫生是這個世界上獨一無二的妖怪內科醫生。

我跟鬼燈醫生認識的過程說來話長，就不多說了。

總之，只要搖一下鬼燈醫生送我的鬼燈球魔法鈴，就能開啟通往妖怪世界的大門。

我曾經有一次不小心跌倒而弄響了鬼燈球魔法鈴，結果跌進妖怪世界。

但這次我明明沒有搖鬼燈球魔法鈴，我也找遍身上所有口袋，才發現我今天並沒有帶魔法鈴出門。

可是，我剛剛確實聽見鈴聲，而且郵筒後方也出現通往妖怪世界的小巷。

我可以確定那條小巷跟我第一次誤闖妖怪世界時走的路一模一樣，走到盡頭就會抵達鬼燈醫院的門前。

不過，這條路並非隨時可見。平時這裡是房子緊靠房子的圍牆，現在卻出現了一條小路。我相信一定是鬼燈球魔法鈴響了，妖怪世界的大門才會開啟，這條鬼燈小路才會出現。

到底是誰搖鈴呢？鬼燈球魔法鈴又是在哪裡響的？

我四處張望，但門前町的大馬路上沒有任何人。

剛才不斷閃爍的綠燈早已變成紅燈。

我深吸了一口氣，感覺冬天的空氣真是冷啊！接著，我決定走進郵筒後方的小路。

我心想，好久沒去鬼燈醫院了，去瞧一眼應該不會有事。

妖怪世界與人類世界的時間流動速度不同，我想進去繞一下，應該可以在下一次綠燈前回來，不會耽誤回家的時間。

此時的我，完全不知道小路的盡頭有什麼棘手的事等著我，就這樣輕快的往前走。

2鬼燈醫生的媽媽？

通往鬼燈醫院門前的鬼燈小路依舊那麼昏暗寧靜。

一個人走這條路總覺得毛毛的，好像隨時都會有妖怪竄出來。

我開始思考是不是該回頭了，但走著走著，終於看見道路的盡頭。我趕緊跑完剩下的路，抵達熟悉的鬼燈醫院。

自從第一次迷路誤闖鬼燈醫院後，我曾經到過妖怪世界好幾次。仔細想想才發現，我沒再來過鬼燈醫院。話說回來，眼前這座洋樓風建築的醫院與當時相比完全沒變，居高臨下的俯瞰著我。

暗沉的奶油色牆面、瓦片如魚鱗片般層疊的青銅色屋頂、厚重沉穩的木製大門，以及掛在大門上方的鬼燈球造型電燈……

我伸出手想要打開玄關大門，卻不禁停頓了一下。我在想，我這麼做會不會太衝動了？

要是我從玄關進去，剛好看到候診室裡有妖怪在等，那不就糟了？

這裡畢竟是專治「妖怪內科」的醫院，來看病的全都是妖怪啊！有些妖怪個性和善，很好相處；但也有些妖怪會吃人，很難應付。想到這一點，我決定繞到房子後面，從面向庭院的診間入口和鬼燈醫生打招呼。

我穿過茂密的山黃柏樹林旁，繞過房子，走進用紅磚牆圍起來的圓形庭院。我在庭院入口停了下來，打開耳朵聆聽屋內動靜，發現診間十分安靜，裡面似乎沒有患者。

我忍不住想：「太幸運了！既然沒有病人，鬼燈醫生應該不忙才對，說不定還會請我喝杯果汁呢！」

好久沒來鬼燈醫院，我感覺有點興奮。之前我每次進入妖怪世界都不是自願的，全是鬼燈醫生硬把我拉來；今天和以往不同，是我自己主動進來。

我不禁猜想，要是現在我大聲說「你好」，然後直接走進去，鬼燈醫生不知道會有什麼表情？

我忍住竊笑的表情，躡手躡腳的穿過庭院，探頭往診間裡看。

「鬼燈醫生，你……」看到診間裡的情景，我吞下沒說完的話。

鬼燈醫生不在診間裡。我看見一位滿頭白髮、身材嬌小的老奶奶，端坐在黑色皮椅上看著我。

一個把滿頭白髮往後梳成髮髻的老奶奶直盯著我看，對我說：

「鬼燈醫生出去了。」

她身穿一件有蕾絲領的復古風洋裝，偏著頭看我。雖然她的模樣看起來不像妖怪，但凡事不怕一萬，只怕萬一，我稍稍往後退了幾步，問：

「哦……打擾了。請問……你是病人嗎？」

有些妖怪看起來跟人類沒有兩樣，但過去的經驗告訴我，面對妖怪我必須加倍小心。

「不是。」身材嬌小的老奶奶搖搖頭，說：「我不是病人，我是鬼燈京十郎的媽媽。」

我不禁大聲驚呼：「什麼！」

比起在鬼燈醫院的診間碰到妖怪，遇見鬼燈醫生的媽媽更令人驚訝啊！

3 換我當醫生？

老奶奶看我一臉驚訝的模樣，問我：「那你呢？你是來看病的嗎？」

我趕緊回答：「不，我不是妖怪，當然，也不是來看病的。」

自稱「鬼燈醫生的媽媽」的老奶奶慢慢的歪著頭，訝異的盯著我看，問我：

「這樣啊……那麼，你是誰呢？」

「這個嘛……我是人類，名叫峰岸恭平。我跟鬼燈醫生……

嗯……該說是朋友嗎……還是算是認識的人而已……」我不知道該如何回答，正在支支吾吾的時候，老奶奶突然右手握拳敲了左掌心一下，對我說：

「我知道了！你是助手對吧？」

「嗄？」聽到老奶奶這麼一說，我更不知該如何回答，只是瞪大雙眼看著她。

身材嬌小的老奶奶從大椅子內探出身體，微笑的看著我說：

「我想起來了！京十郎經常在日記寫下關於你的事，他常說你『是個很有前途的孩子』。我想，你就是他的助手恭平同學，對吧？」

「啊？哦，嗯，對……」我含糊的回答，敷衍帶過這個問題。

原來鬼燈醫生有寫日記的習慣啊！而且還在日記寫下關於我的事情，說我是他的助手！

如果眼前的人是鬼燈醫生，我一定會直接說出心裡話，對他說：「不要擅自寫一些奇怪的事情！」

可是，我面對的是一位溫柔和善的老奶奶，一看到她的臉，我就無法說出反駁的話，只好含混交代過去。

沒想到，老奶奶再次右手握拳敲了左掌心一下，恍然大悟的說：「原來如此！我知道了！因為京十郎出去了，所以你來醫院留

守，對吧？」

「嗄？蛤？呃……哦呀？」我又開始胡亂發出一些聲音。

不過，老奶奶對我的反應不以為意，立刻站起來，指著掛在椅背上的白袍，對我說：

「好了，快點穿上白袍，掛上聽診器吧！待會兒病人就要來了，再拖拖拉拉下去，那就不好了。」

「啊？不是……可是……那個……」就在我百般推辭的時候，玄關傳來隱約的門鈴聲。

叮鈴咚隆、叮鈴咚隆……

我和老奶奶同時驚訝的抬起頭，看向通往候診室的診間門口。

接著又下意識的對看了一眼。

「你看，病人上門了，還不趕快穿上白袍？」老奶奶再次伸手指向白袍，催促我趕快穿上。

我趕緊婉拒：「可是……我不是醫生……只是個助手……穿上白袍我也不會看病啊……」

老奶奶不知道哪兒來的自信，認真的對我說：「不用擔心，有我在呢。可別小看我，我是這個世界上獨一無二的妖怪內科醫生鬼燈京十郎的媽媽呢！好了，快點準備，別再推辭了；趕快穿上白袍，掛上聽診器，靠坐在椅子上，擺出醫生的架式吧！這麼一來，所有妖怪都會認為你就是鬼燈醫生，畢竟分辨人類的能力不是這麼簡單就能學會的。」

這一刻我突然發現老奶奶與鬼燈醫生幾乎一模一樣，雖然體型、五官和外表一點也不像，但她說話方式簡直是鬼燈醫生的翻版！極度以自我為中心，任性妄為，聽不進別人說的話，將自己的意見強加在別人身上。到最後，別人就會依照她的話去做。這一點與鬼燈醫生完全相同。

我在老奶奶的注視下，心不甘，情不願的從椅背拿起白袍，動作緩慢的穿在身上。內心不禁想著：「我真倒楣……為什麼每次只要跟鬼燈醫生沾上邊，就會變成這個下場……欸……不對，今天鬼燈醫生不在！」

我接著伸手拿起放在桌邊的聽診器，用眼角餘光瞄了老奶奶一眼，心想：「她真的是鬼燈醫生的媽媽嗎？」

老奶奶看著我穿上白袍，滿意的點點頭說：「你穿白袍真好看，

比京十郎更有醫生的樣子。」

就在此時，我聽見診間門被打開的聲音。我趕緊坐進黑色皮椅，屏住氣息，等著迎接從候診室進來的人——不對，是等著看什麼東西進來才對。

我的心臟撲通撲通的跳個不停，我的胃開始感到沉重，我的背脊也開始發涼。

是妖怪，妖怪要進來了！

那名自稱「鬼燈媽媽」的老奶奶站在我的椅子旁，臉上平靜無波，盯著打開的診間門。她好像一點也不怕妖怪。

「醫生，快幫我看看，我的腳痛到受不了了。」伴隨著說話聲，

有人——不，有個物體進入了診間。

4 不愧是京十郎的助手！

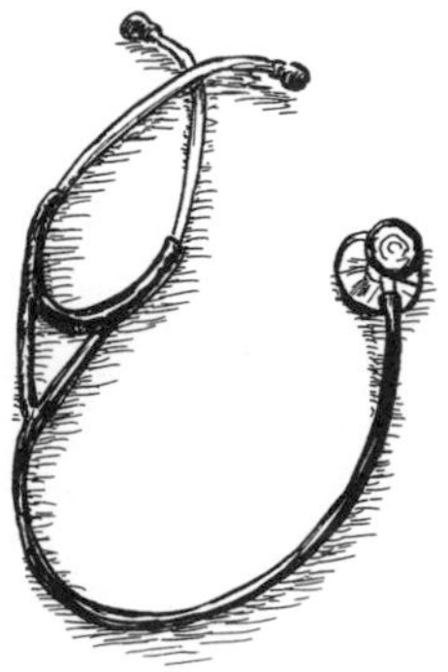

開門進來的物體——不對，開門進來的看起來很像人類，外觀跟一般大叔沒有兩樣。

原本還很擔心會出現什麼怪模怪樣的妖怪，看到真面目後，我不禁鬆了一口氣，其實也帶著些微的失望。

那位大叔一屁股坐在我前方，病患專用的旋轉椅上，自顧自的說起話來：

「我的腳好痛啊，痛到我受不了。我原本睡得很熟，就在我睡醒的時候，兩條小腿突然抽痛，痛得我哇哇叫啊！感覺就像我在睡覺的期間，腳去撞到什麼東西，或是被什麼東西咬到一樣。

「可是，我很仔細的察看過，沒發現任何瘀青，也沒有腫脹。而且也找不到裂傷或割傷之類的傷口。醫生，請你幫幫我，快點醫治我吧！」

這位病人竟然沒發現眼前這個身穿白袍，坐在黑色皮椅裡的人並不是鬼燈醫生，也沒察覺有個陌生的老奶奶站在一旁。

說不定他今天是生平第一次走進鬼燈醫院，才會絲毫不覺情況有異。話說回來，不管是誰，看到一位小學生身穿白袍坐在診間等候病患，應該都會覺得奇怪才對吧。

那位大叔繼續哀求：「拜託你，鬼燈醫生，像上次一樣啪啪啪的把我醫好吧！」

無論怎麼拜託我，我也醫不好他啊！唉，該怎麼辦才好？我又不是妖怪內科的醫生。

我偷瞄一眼站在一旁的鬼燈媽媽，向她求救，她一副要我「不用擔心」的模樣，對我點點頭。

迫不得已之下，我只好拿起聽診器，先聽聽看病人的心跳聲。我不知道自己能做什麼，只能走一步算一步。

可是，就在我將聽診器放在大叔胸口，想要隔著襯衫聽心跳聲的時候，卻發現一件令人驚訝的事情。

我發現……大叔竟然沒有心跳！

我沒聽到預期中的撲通聲，也沒有預期外的聲音！

竟然一點聲音也沒有！就

像……沒有心臟一樣！

我一時之間亂了分寸，趕緊咳嗽兩聲鎮定下來，戰戰兢兢的問大叔：

「那個……請問……你的心臟好像停了……感覺上……你好像沒有心臟耶……你知不知道為什麼呢？」

聽我這麼問，大叔這才露出懷疑的眼光，直盯著我看。他對我說：「這是當然的啊！因為我是妖怪啊！我天生沒有心臟，這不是很自然的事情嗎？醫生，你還好嗎？振作一點哪！」

面對沒有心臟的大叔，這次換我的心臟撲通撲通的跳了起來。

我慌張的想著：「是妖怪！這傢伙果然是妖怪！不過，不知道他是什麼妖怪，真希望他屬於個性和善的那一種。」

我實在沒辦法，再次看向鬼燈媽媽。只見她一臉淡然，一句話也不說。需要她的時候她完全派不上用場，這一點也跟鬼燈醫生一模一樣。

「真拿你沒辦法。我上次頭痛的時候，你不是很快就醫好我了嗎？難不成你忘記我了？我知道了，我這樣你應該就能想起來了吧？」大叔一邊說著，一邊從褲

子口袋拿出摺好的手巾。他當著我的面用手巾擦臉，一下子就把五官擦掉了。

我見狀大聲尖叫：「哇！」還從椅子上跳了起來。

大叔的臉用手巾擦過後，沒有眼睛、鼻子、嘴巴和眉毛，只剩光溜溜的皮膚。

我大叫：「你是無……無……無臉鬼！」

無臉鬼點點頭。

這一刻我的腦海裡，突然湧現那天的記憶。那天是我第一次誤

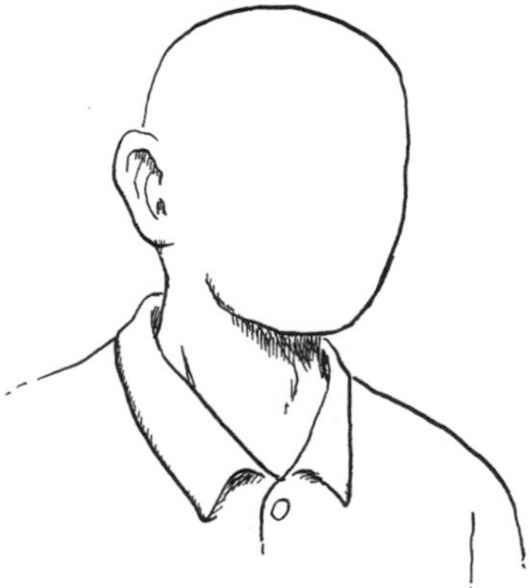

闖妖怪世界，走進鬼燈醫院的日子。還記得那天無臉鬼說自己頭痛，獨自一人……不，獨自一隻來到醫院，原來那隻無臉鬼就是這隻無臉鬼啊！

我驚慌的對無臉鬼說：「請……請……請你先睡一下。請到那張床上好好睡一下！聽得見我說的話嗎？請你到那張床上睡覺，我會在你熟睡的期間治療你的腳。」

無臉鬼看來像是聽得見我說的話，只見他搖搖晃晃的走向床邊，躺在床上，很快就睡著了。

我站在睡著的無臉鬼身邊，耐心等待事情發生。要是發生跟當時同樣的狀況，我應該能治癒他。

正巧如我所預測，有一股像是黑色水蒸氣般的煙霧，開始從沉睡的無臉鬼身體裡竄出。

我不禁喜出望外，四處張望診間，看見有支拖把立在牆邊，於是悄悄伸出手，將拖把拿在手裡。

之前我曾在偶然的機會下治好無臉鬼的頭痛，我想起那次鬼燈醫生對我說的話。

他說無臉鬼生的病叫做「附身妖怪症候群」。就像狐狸和蛇有時會附身在人類身上，危害人類健康一樣，有些附身妖怪也會附身在妖怪身上。

這次無臉鬼又被某種妖怪附身，才會出現腳痛症狀。就在我沉思的時候，黑色煙霧不斷升起，在天花板附近集結成一團，逐漸形成某個形體。

漸漸的，一隻黑色老鼠的身影出現在煙霧之中，附身妖怪的廬山真面目就是他！

我定睛一看，黑色老鼠不只一隻，而是兩隻！看似不懷好意的雙眼發出紅色光芒，在黑色煙霧形成的身影中顯得更加搶眼。兩隻老鼠在天花板四周遊蕩了一會兒，用鼻子東聞西嗅，觀察我們的動靜。看我靜止不動，老鼠們似乎覺得安心，開始慢慢的從天而降，停到床上。

接著他們分別抓住沉睡中的無臉鬼的左腳和右腳，開始啃咬無臉鬼的小腿。

「就是現在！」

我揮動手中的拖把，往黑色老鼠的頭上揮打；拖把前端從空中往下劈，黑色老鼠立刻被擊碎，接著像雲霧被風吹散般，瞬間消失

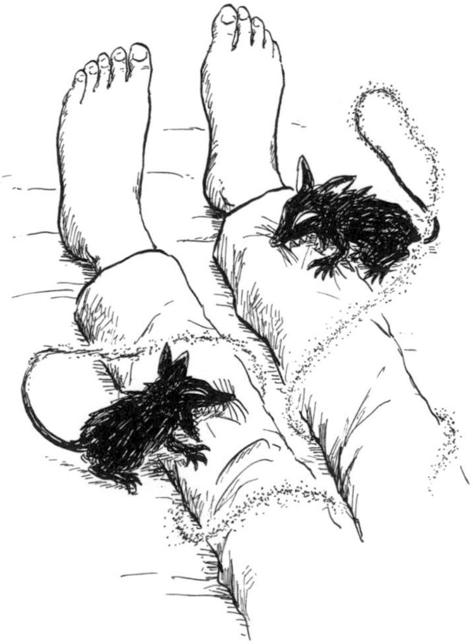

得無影無蹤。

老鼠消失後，我隱約聽見鼓掌的聲音。回頭一看，原來是鬼燈媽媽面帶微笑，雙手輕輕的鼓掌。

鬼燈媽媽對我說：「厲害！真是厲害！不愧是京十郎認可的助手啊！」

聽見一臉淡然的鬼燈媽媽

說的話，我不由得大大的嘆一口氣。

不一會兒，無臉鬼清醒後已恢復精神，踩著輕盈的腳步回家了。看來我這次又成功醫好了無臉鬼的「鼠妖附身病」。

病人回家後，診間再次恢復冷清，我也鬆了一口氣。

就在這個時候，放在桌上的貓頭鷹石雕開始大叫：

「呼嗚嗚！呼嗚嗚！緊急呼叫、緊急呼叫！

不要看錯了，我是貓頭鷹，不是九官鳥！」

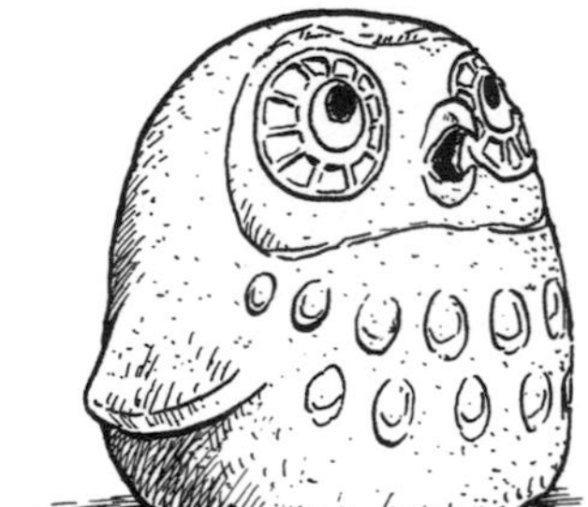

5 骷髏計程車接送

我嚇了一大跳，轉頭看著大吼大叫的貓頭鷹石雕。

偏偏在鬼燈醫生出去時有急診病患，真是屋漏偏逢連夜雨。

不過，更令我驚訝的是，鬼燈媽媽聽到貓頭鷹石雕說的話，竟然二話不說的點點頭，對我說：「我們走吧！」

我不可置信的看著胸有成竹的鬼燈媽媽，慌張的問：「蛤？走……走去哪兒？誰要走？」

鬼燈媽媽說：「那還用說？當然是去呼救的急診病患那裡啊！」

而且是你要去。京十郎不在的時候，自然由你代理啊。」

「不……不行。我不行、我不行、我不行，我不能去！」我不斷搖頭，幾乎快要頭昏眼花。

就在此時，又發生了一件更令人驚訝的事情。

我突然感覺眼前的空氣出現變化，景物看起來有點扭曲，一輛黑頭車從扭曲的景物中竄出來，轟隆一聲停在鬼燈醫院的後院裡。

我以為自己看見了幻影，趕緊揉了揉眼睛，再次看向後院。

只見後院裡四門轎車的左後門突然打開，前方駕駛座上坐著一名身穿黑色制服、戴著白色帽子的司機。

司機轉身看著我說：「先生，您好，小的來接您了，請快上車。夫人等您很久了。」司機將一隻手放在帽子上，上半身往前傾，向我鞠躬，我才真正看清楚帽子下的臉龐。

看清之後我再次嚇了一跳，沒想到那名司機竟然是一具骷髏！骷髏司機穿著制服、戴著帽子，坐在駕駛座。車頂還架著一盞有骷髏頭標記的燈。我猜想這輛車應該是由骷髏司機駕駛的骷髏計程車。

「哎呀！還派人來接，真是細心啊！這樣的話，我們很快就能到急診病患那裡了。」鬼燈媽媽說的話將我拉回現實，嚇得我眼珠子都快掉出來了！鬼燈媽媽究竟是什麼時候上車的？一轉眼她竟然坐在骷髏計程車的後座，招手要我上車。

我不想對鬼燈媽媽言聽計從，往後退了好幾步。接著我對鬼燈媽媽說：

「我說不行就是不行，我才不去看急診病患呢！」

話才說完，一直看著我的骷髏司機驚訝的上下咬動牙齒，發出詭異的喀答喀答聲。

「先生，您怎麼能這麼說？您要是

不上車，小的會被夫人碎屍萬段。」骷髏司機一邊說著，一邊用右手從左邊袖口拔出只有白骨的左手，並用那兩個沒有眼球、空蕩蕩的眼眶直盯著我看。「要是先生不肯乖乖上車，小的就會將這隻手丟出去，緊抓著先生的後衣領，把您拉上車，您覺得如何？」

我嚇得背脊發涼，雙腳顫抖的說：「我、我上車。我知道了，我上車就是，不要把手丟過來！」

我放棄抵抗，心不甘，情不願的上了車，坐在鬼燈媽媽身旁。

骷髏司機看我上車後，把拔下來的左手接回原位，點點頭說：

「謝謝先生的合作。哎呀！真是太好了，虛驚一場啊！要是我將左手丟出去，只有一隻手很難開車，您真是幫了我一個大忙啊！先生，請您坐穩了，我們只需要一眨眼的時間就能到雪女夫人那裡。」

骷髏司機啟動車子引擎，我雙腳用力貼地，身體緊靠在後座椅背上，偷瞄了隔壁的鬼燈媽媽一眼。

鬼燈媽媽看起來十分放鬆，氣定神閒的坐著。

鬼燈媽媽問：「不曉得這回是什麼樣的病人呢？」

我心中也有相同疑問，不禁想著：「這輛骷髏計程車帶我們去的地方，究竟有什麼樣的妖怪在等著我們？那隻妖怪得的又是什麼病？我能治好他的病嗎？」

我坐在隨時會出發的計程車裡，盯著窗外空蕩蕩的診間看，嘆了一口氣。唉！要是這個時候鬼燈醫生在就好了。

鬼燈醫院後院的空氣又出現變化，車窗外的景物開始扭曲，計程車咻的一聲全速前進。

由於車子起步太過粗魯，我差點就被甩到前座，趕緊雙腳用力撐地，身體緊靠椅背，好不容易才穩住。

正當我緊閉雙眼，在心中大喊「別撞到紅磚牆」的時候，竟聽到骷髏司機說：「我們到了。」

計程車停了下來，按照司機的說法，我們已經抵達目的地了。

我沒想到這麼快就到目的地，我戒慎恐懼的睜開眼睛。

「你終於來了，鬼燈醫生，我等你好久了。」

車外傳來女性的說話聲，計程車啪的一聲打開了後座門。

6 急診病患是雪女？

我看到車外景色，不由得倒抽一口氣。骷髏計程車竟然在不知不覺間，將我們帶到積滿白雪的深山之中。外面是一片銀白色世界，計程車就停在雪山岩洞的洞口。

一名女子站在洞口前方，臉色十分蒼白，像雪一樣，臉頰和嘴脣毫無血色。看來，這名女子……不對，這隻妖怪就是急診病患了。

幸運的是，雖然患者氣色不好，但看起來不至於有生命危險，而且她一點也不像妖怪，這是我最在意的事情。因為我既沒有能力

醫治重病患者，遇到個性殘暴的妖怪，也只能逃之夭夭。

話說回來，這位患者看起來很和善，我應該可以想辦法應付過去。總之，先假裝幫她看病，再視狀況敷衍一下，趕快離開此地。之後只要叫她再找時間去鬼燈醫院看診，就大功告成了。

我冷靜下來，做好打算後，立刻走下計程車。

那位女患者站在原地說：「醫生，臨時請你出診，打擾你了，真的很抱歉。」

我回答：「不，沒這回事，不必在意。」

這位患者也跟無臉鬼一樣，從沒懷疑我是不是鬼燈醫生，對於跟著我從計程車下來的鬼燈媽媽也絲毫不以為意。看樣子，鬼燈媽媽說得對，妖怪沒有分辨人類的能力。而且，感覺上他們的個性都很大方，並不在意小細節。

我做出一臉認真的表情，拿起聽診器，放在蒼白女患者的和服胸前。

果然如我所料，她也沒有心跳聲。話說回來，妖怪既沒心跳，也沒血液流通，為什麼還會生病呢？

我想著想著，將手掌輕輕放在女患

者的額頭，才剛碰到，又忍不住「啊」的驚叫一聲。

好冰啊！好冰啊！不僅沒有一點熱度，簡直就跟冰塊一樣冰！

「嗯，那個……你的額頭好冰啊。」為了不讓對方看出我很驚慌，我還故意加快了說話速度。「不只是冰，簡直就像結凍一樣……還以為你死了呢。你還好嗎？」

跟妖怪說「還以為你死了呢」、「你還好嗎」這些話，不曉得會不會很失禮？再說，妖怪到底是不是用「活著」來形容？

我被自己的話搞混了，內心開始糾結。此時，我眼前的女子……不，女妖怪優雅的笑了笑，對我說：「呵呵呵。醫生，你又取笑我了。我可是雪女耶，全身冰冷是很正常的啊！真是的，不要老是說笑。」

我這才恍然大悟，原來這位看起來很像女人的妖怪是雪女啊！

雪女一邊笑著，一邊說：「再說，要看病的不是我——你看我就知道，身體健康得很。醫生，我想請你看的病人在洞穴裡。」

「在洞穴……裡？」聽雪女這麼一說，我抬頭看了一眼偌大的、裡面漆黑一片的洞穴。那個黑暗世界看起來靜謐無聲，毫無動靜。

就在此時，從洞穴裡傳來非常淒厲的呻吟聲。聲音聽起來像是獅子、大象與河馬的綜合體，聽起來十分嚇人。如果仔細聆聽，會發現那不是單純的呻吟聲，而是在說些什麼。

「好痛啊！好痛啊！我好痛啊！」

我心中十分恐懼，聽著從洞穴傳來的聲音。

只見雪女聳著肩，一臉平淡的說：

「你看，他從昨天就是這個樣子，真是吵死了。整座山都能聽見他的慘叫，搞得大家雞犬不寧。醫生，可以請你想想辦法，趕快醫好他嗎？」

「啊……嗯……呃……」我又開始胡亂發出近似發聲練習的聲音，因為我太害怕了，怕到無法說出完整的話。

無計可施之下，我又對著站在一旁的鬼燈媽媽發出求救眼神，她竟然不經意的移開目光，臉上一副什麼都不知道的樣子。我這下才知道什麼叫做欲哭無淚，鬼燈媽媽根本一點用處也沒有。

現在我只能靠自己。我雙手抓著聽診器，慢慢走到發出呻吟聲的洞穴前方。

骷髏司機自從抵達這裡就一直坐在計程車裡，看著這一切事情發生；這時他突然搖下車窗對我說：

「醫生，你要小心一點，那傢伙超級討厭醫生。要是隨意走進去，他可是會發狂的。而且，如果他發現你是一位醫生，說不定會一腳踩扁你呢！」

聽見骷髏司機這麼說，我感覺自己的頭上好像被重重打了一記，忽然想起慘痛的過往。

我慢慢的、謹慎的轉頭看著四周被白雪淹沒的景色。沒錯，我以前來過這裡，我看過這裡的景色。雖然剛抵達時我沒認出來，但我可以確定，我曾經來過這座洞穴。

「好痛啊！好痛啊！我的肚子好痛啊！」

洞穴深處又傳來痛苦的呻吟聲，讓四周為之震動。

我聽著這股呻吟聲，感覺似曾相識，想起了那天來到這座洞穴的情景。

這一刻，我突然明白在洞穴裡哀叫的妖怪究竟是什麼。

超級討厭醫生，個性粗暴的妖怪，一看到人類的小孩就想吃；

而且當時就是為了幫他注射疫苗，才跟鬼燈醫生一起來這裡。

沒錯，就是那個我當誘餌，引他從洞穴裡出來的……

「巨鬼！這裡是巨鬼居住的洞穴！」

7肚子痛的鬼

「好痛啊！好痛啊！我好痛啊！」巨鬼還在洞穴裡哀叫。

他的聲音不像是呻吟，比較像是怒吼或叫嚷……總而言之，聽起來很大聲、很吵。每次巨鬼出聲哀號，冷冽的雪山空氣便為之一震，地面隨之搖晃。我現在很擔心會不會突然發生雪崩，心裡害怕不已，偷瞄了幾眼洞穴上的斜坡。

雪女說：「醫生，你快點想想辦法，把那隻鬼醫好吧！要吃藥

或打針都可以，一定要讓他安靜下來。」

儘管雪女這麼說，我卻一點也不想踏進鬼洞裡。已經知道洞裡面有一隻個性凶殘的鬼，誰還會想進去？況且，鬼最喜歡吃人類的小孩，他現在正因肚子痛而大吵大鬧，要是現在進去，肯定無法活著出來。

「呃……那個……我先離開一下。」我對雪女說：「因為……我沒帶藥，也沒帶針筒，我得回醫院一趟，拿需要的物品……」

聽我這麼一說，雪女的表情突然變得嚴肅，用比冰塊更冷的眼神盯著我看。「呵呵，醫生，你好不容易才來一趟，竟然想什麼事也不做就回去，這我可不同意。就算只能看看診也好，你一定要讓那傢伙安靜下來。」

「不，我沒辦法。」我沒多考慮就直接回答，惹得雪女更加不高興，冰冷的眼神深處透出藍白色火光。

雪女說：「醫生，我從昨晚就一直忍受那傢伙的吼叫聲。你既然來了，就看看那隻吵鬧鬼，至少對他說句『不用擔心』，或叫他『安

靜點』也好。再說，你沒先看過怎麼知道要開什麼藥？不妨等看過那傢伙之後，再回去拿藥和針筒也不遲，你說好不好？」

「呃……嗯……啊……」雪女的話讓我啞口無言，我被逼到騎虎難下，再次看向鬼燈媽媽尋求幫助；誰知道她只是看著我，大大的點了點頭。

就算對我點頭也沒用啊！我絕對不會進入洞穴，去看那傢伙肚子痛的毛病！

「那……那個，我想我還是先回去一趟比較好。」我想做最後的掙扎，但雪女的眼睛深處又閃出冷冽的藍色光芒。

「既然你如此堅持，毫不退讓，我也是有我的應對之策。我只要對你吹一口寒氣，不管你是醫術多高超的醫生，也會立刻結成冰。

「怎麼樣，你做好決定了嗎？你要現在立刻進去洞穴裡診治那隻鬼，還是要變成冰人雕像，佇立在這裡當擺飾品？要怎麼做由你選擇。」

「太過分了！」雪女說的兩條路都是把我推入火坑，哪有什麼差別！為什麼事情會變成這樣？我又沒有做壞事！啊！早知道今天就不要走進妖怪世界，要是直接跑過門前町的十字路口，中途不停下來，我現在早就在家裡吃著香噴噴的午餐了！

鬼燈媽媽一副事不關己的模樣站在一旁，我忍不住瞪著她，表達無言的抗議。

雪女催促著我：「好了，快點決定吧！」接著深吸一口氣，準備對我吹出冰冷的寒氣。

骷髏司機坐在骷髏計程車裡，牙齒喀答喀答的動著，苦口婆心的勸我：

「先生，我這是為你好，你最好按照夫人說的話去做；要是你變成冰，一切就完啦！」

可是，要我進入洞穴，我也完了！不管選哪條路，我都完了。

乾脆趁這個機會告訴他們我不是鬼燈醫生好了。不過，我覺得事到如今才表明身分，結果只會更慘。

嗚嗚嗚……我到底該怎麼辦才好？

「好痛啊！好痛啊！我的肚子好痛啊！」巨鬼還在哀號。

「啊！吵死了！」雪女煩躁的低喃。

就在此時，四周響起了清透的鈴聲。

叮鈴、叮鈴、叮鈴。

我一聽見鈴聲，立刻回頭看。原本什麼也沒有的樹林裡，竟然出現一座熟悉的小門。

那是一扇有著黃銅門把的拱形木門，是的！那就是鬼燈醫院後院紅磚牆上的小門。

只見門把緩慢的轉動，門也跟著打開，有個身影從門的另一邊走了進來。

8 鬼燈醫生登場！

「鬼燈醫生！」我下意識的大叫。

以前我總是向上天祈禱，希望再也不要見到鬼燈醫生。但我從來沒像現在這樣，見到鬼燈醫生還這麼高興。

鬼燈醫生穿著一套不適合他的深色西裝，再繫上一條一點也不配的橘色圓點領帶。他依舊露出不耐煩的表情，先是看了我一眼，再看看雪女，接著瞄了一眼計程車裡的骷髏司機。不知道為什麼，他完全沒看站在我身邊的鬼燈媽媽。

看完一輪之後，鬼燈醫生問我：「你到底在這邊幹什麼？為什麼穿著我的白袍，戴著我的聽診器？你以為在玩扮家家酒嗎？恭平！」

看得出來鬼燈醫生在生我的氣，但我一點也不在意。只要鬼燈醫生出現我就放心了，鬼燈醫生才是真正的妖怪內科醫生。醫治鬼肚子痛這種事情，根本是小事一樁。應該說，醫得好也好，醫不好也好，我都無所謂。

總而言之，我可以把幫鬼醫病的重擔交到鬼燈醫生手上，真是太幸運了。

雪女盯著真正的鬼燈醫生看，對我這位冒牌醫生說：「醫生，這位是誰啊？」

我連忙介紹：「這位才是如假包換，貨真價實的妖怪內科，鬼燈京十郎醫生。」

聽到這話，計程車裡的骷髏司機歪著骷髏頭看我。「他是鬼燈醫生，那你是誰？」

「哦，我是鬼燈醫生的助手峰岸恭平。」

雖然我很排斥「鬼燈醫生的助手」這個稱呼，但現在這個情形，我不得不這麼說。

「什麼？你不是鬼燈醫生？」骷髏司機的骷髏頭歪得更厲害，他驚訝的看著我。我很擔心他的頭會不會突然掉下來。

骷髏司機接著說：「蛤？這麼說，我載錯人了？咦？可是我還以為在鬼燈醫院裡的一定是鬼燈醫生……而且還穿白袍，脖子掛著聽診器呢……」

「呃……不是這樣啦，我只是剛好留下來看守醫院。你不要在意，認錯人是很常見的……」我趕緊安慰骷髏司機。

鬼燈醫生低聲訓斥我：「什麼叫認錯人是很常見的？要不是你擅自穿上我的白袍，戴上我的聽診器，也不會發生這種事情。妖怪不會記住人類的長相，他們是靠衣服認人的，只要兩個人穿相同的衣服，他們就分辨不出誰是誰。」

我趕緊辯駁：「可是，我不是自己主動要穿白袍，都是鬼燈醫生的媽媽……」

我話還沒說完，鬼燈媽媽立刻「噓」的一聲，打斷了我。

鬼燈醫生依舊不理會他媽媽，自顧自的說：

「我今天一大早就在外面忙，走不開。回來之後，看到貓頭鷹石雕大叫『緊急呼叫』，還說『助手坐上骷髏計程車去

急診病患那裡了』，我才急急忙忙趕過來。現在你應該知道你一個人跑來看病人是多荒唐的事情了吧？真是的，別給我找麻煩！」說完後，鬼燈醫生這才左右張望，問我：「好了，病人在哪裡？」

之前安靜了一會兒的巨鬼，像是在回答醫生的問題，又在洞穴裡哀號。

「好痛啊！我的肚子好痛啊！痛！痛死我了！」

「哎呀！」鬼燈醫生點點頭說：「原來是這麼一回事啊！」

鬼燈醫生望著陰暗的洞穴，輕輕嘆了一口氣。「這隻巨鬼又亂吃東西了，貪吃的個性真是害死人啊！之前吞下一寸法師，一寸法師用他的針刀猛刺他的胃壁，當時還搞得人仰馬翻。沒想到他還沒學乖，這次不知又吃了什麼。」

雪女終於發現誰才是真正的鬼燈醫生，她看向打著圓點領帶的鬼燈醫生說：

「醫生，拜託你想想辦法。他從昨天晚上就吵得我快受不了，我都快生病了。你快想想辦法，早點把他醫好。」

「嗯……」鬼燈醫生雙手抱胸。「那傢伙不只超級討厭醫生，發起狂來誰也制止不了他。他絕不會乖乖讓我醫治，要是我跟他說『啊——嘴巴張大一點』，他肯定會一口咬掉我的頭。」

我聽了鬼燈醫生說的話，嚇得直發抖。要是鬼燈醫生再晚一點到，我的頭說不定就會被巨鬼咬下來了……

鬼燈醫生雙手抱胸的想了一會兒，最後露出笑容，右手握拳敲了一下左手的手掌心。

「對了！我想到一個好方法了！比起麻醉，這個方法更簡單、更確實。而且絕對可以讓那傢伙乖乖就範！」

「要怎麼做？」我問。
「你打算怎麼做？」骷髏司機問。
「是什麼好方法？」雪女說。
鬼燈醫生看著雪女，自信滿滿的說：
「很簡單，你把他變成冰。不過，不能連體內都結冰，只要讓他不能動就好。我就趁他不能動的時候檢查肚子的狀況——怎麼樣，這個方法很棒吧？」
雪女聽了鬼燈醫生的方法，笑著回答：
「哎呀！不愧是醫生啊！你的方法真好！」

鬼燈醫生原本緊繃的臉，終於露出笑容。他看了看雪女、骷髏司機和我，大大的點點頭。

「太好了！既然已經決定，那就開始吧！雪女，一切拜託囉！不能將洞穴裡的鬼凍得硬邦邦的，要有點冰又不會太冰！」

9 引鬼現身的誘餌

雪女看起來躍躍欲試，很想早點將吵得附近雞犬不寧的鬼冰凍起來。不過，她也向鬼燈醫生表示，「不能凍得硬邦邦的，要有點冰又不會太冰」的分寸很難拿捏。

雪女說：「巨鬼躲在伸手不見五指的漆黑洞穴裡，我很難掌握他的行蹤。不知道目標在哪裡，我無法輕輕吹氣，達不到效果。不如我用力吹氣，讓整個洞穴都吹到寒氣，你看如何？」

「不行，不行。」鬼燈醫生否決了雪女的提議。「要是巨鬼連五

臟六腑都結成冰，我就無法為他看病了。要是看不見目標，無法控制吹氣力道，就只能將他引出洞外。」

鬼燈醫生一邊說著，一邊看向我，我有一股不祥的預感。

鬼燈醫生說：「好了，恭平同學，換你上場了。」

「什麼！」我不禁大叫，身體跟著往後仰。那股不祥的預感果然是真的！「你，你該不會又要我當誘餌，引鬼出來吧？」

「你說對了！」鬼燈醫生點點頭說。

別開玩笑了！我才不要當誘餌，引凶惡的巨鬼出洞。這太危險了！

「不過……那隻巨鬼現在肚子痛，就算讓他聞人類小孩的味道，他也不會想吃吧？」我拚命找理由推辭。

鬼燈醫生冷淡的搖搖頭說：「不會，那隻巨鬼是出了名的貪吃鬼。要是讓他聞到誘人的小孩味道，他絕對忍不住，而且會失去心神的循著味道晃出來。你不用擔心，只要他一出洞口，雪女就會輕輕吹氣讓他結凍，無法動彈。你不會有事的。」

每次鬼燈醫生說「不用擔心」，結果都很讓人擔心，這次絕對也是危機重重。

但雪女完全無視我的擔憂，對我說：「拜託你了，助手先生。」

就這樣，我又再次站在洞口，擔任引鬼出洞的誘餌。

我心不甘，情不願的站在洞口，裡面不時傳來巨鬼哀號著「好痛啊！我好痛啊」的聲音，令我不禁全身顫抖。我忍不住想，真希望巨鬼因為肚子痛而沒聞到我的味道。我用眼角餘光瞄到鬼燈醫生從黑色看診包拿出一個物品，那是一

把超大扇子！

鬼燈醫生拿著那把扇子，對著我用力搧風。他想利用扇子的風，把我的味道送進洞穴裡。

前一刻還直喊「好痛啊！我好痛啊」的巨鬼，在扇子的風吹進洞穴之後突然不叫了。

我吞吞口水，內心的恐懼與寒冷的天氣讓我全身發抖，眼睛不敢移開洞穴。

磅、磅、磅！

洞穴的地面響起沉重的腳步聲，聽得出有個龐然大物正從洞內往洞外移動。

我知道那是巨鬼聞到我的味道，受到美食吸引，一步步向我走來的聲音！他要來吃我了！

鬼燈醫生出聲提醒：「不要動，恭平。一定要忍到他出來為止。雪女，你準備好了嗎？」

在洞口旁等著巨鬼出來的雪女對鬼燈醫生點點頭，做出OK的手勢。

磅、磅、磅！

巨鬼的腳步聲讓地面為之震動，一波一波的從腳底傳遞到我身上。我忍不住慢慢往後退，眼睛直盯著洞穴深處。

巨鬼的輪廓逐漸浮現在陰暗的洞穴之中，他快要出來了！

或許是因為肚子痛的關係，巨鬼站不起來，所以他在地上爬著，一步一步的靠近我。即使如此，他還是用他的鼻子用力聞附近的味道，發出低沉的吸氣聲。他想找到美食的蹤跡，那個美食……就是我。

「我的肚子好痛啊！美食，你在哪裡？肚子真的好痛啊！美食，你在哪兒啊？」巨鬼一邊說著，慢慢從洞口現身。

巨鬼那雙發出銳利光芒的眼睛一下子就鎖定我。

鬼燈醫生大叫：「就是現在！」
雪女深吸一口氣，朝巨鬼呼出冰冷白氣。

我看見逐漸向我逼近的巨鬼，身上覆蓋著雪女呼出的寒氣。

可是……巨鬼並沒有結凍，而是打了一個大噴嚏。

「哈、哈、哈啾！」

巨鬼打的噴嚏威力十足，我被吹翻，一屁股摔在地上。

巨鬼看到我頭下腳上的摔在地上，開心的伸出手說：「找到了，可愛又好吃的小朋友！」

「哇！」我嚇得大叫。

雪女見狀說：「哎呀！看來我得用力一點才行。」

「快點！快點！把巨鬼冰凍起來！」就在我大叫的同時，雪女又

對巨鬼吹了一口寒氣。

雪女呼出的白色寒氣包覆巨鬼身體，這一次終於成功的將巨鬼冰凍起來，巨鬼再也無法動彈。當時巨鬼正伸出手要抓我，他那尖尖的指甲就停在我眼前三公分處，現在已變成白色冰塊。

前一刻還追著美食的巨鬼，如今已成為洞穴前的雪地上閃耀著光芒的冰雕肖像。

「好，真順利啊！做得好。」鬼燈醫生開心的說。

鬼燈醫生拿著看診包向我走來。

我說：「哪有順利？」我費了好大的力氣才站起來，瞪著鬼燈醫生。「我差點就要被巨鬼吃了！你看到了嗎？他的指甲就要碰到我了耶！」

「好，冷靜，你冷靜，你冷靜一點……」鬼燈醫生又開始敷衍我，想安撫我的情緒。「不管怎樣，你最後還是毫髮無傷，巨鬼也跟我們計畫的一樣變成冰，那些小事就不要計較了。現在最重要的是，我得趁巨鬼結冰的期間幫他看病。對了，把聽診器還給我。」

10在鬼的肚子裡開派對？

我交出聽診器，鬼燈醫生立刻鑽進結成冰的巨鬼身體下面，將聽診頭貼在巨鬼的肚子上。

「嗯……」鬼燈醫生專注的聽著巨鬼肚子裡的動靜，我們則在一旁靜靜等待。

不一會兒，鬼燈醫生從巨鬼的身體下方鑽出來，喃喃說了一句：「真是不敢相信。」

接著他又說：「有東西在巨鬼的肚子裡開派對呢！那傢伙在巨

鬼的肚子裡，吃著巨鬼吃的食物，喝著巨鬼喝的飲料，開心得很。

「我用聽診器聽，還聽到他在肚子裡開心唱歌的聲音。巨鬼肚子痛一定就是他引起的。他因為太開心，所以在肚子裡跳來跳去的。」

我瞠目結舌的說：「在肚子裡開派對？」

雪女偏著頭猜想：「到底是誰呢？」

鬼燈醫生這次繞到巨鬼頭上，從張開的大嘴往裡看，對著裡面喊：「喂！誰在裡面？」

所有人都屏息等待回應，可惜巨鬼的肚子裡沒傳來任何聲音。

「喂！別在裡面胡鬧了，出來吧！現在巨鬼被冰凍起來，身體無法動彈，你可以安心出來！」鬼燈醫生再次對著巨鬼的嘴裡大叫。

不一會兒，從裡面傳出小聲的回應：「我不要！」

我下意識的與鬼燈醫生對看一眼，鬼燈醫生不耐煩的嘆了一口氣，說：

「哎呀哎呀！看來裡面的客人很喜歡在巨鬼肚子裡的生活，不想乖乖出來。沒辦法了，看樣子我只能硬把他拉出來了……」

我問：「要怎麼把他拉出來？」

鬼燈醫生看向自己的看診包，伸手在裡面翻找東西。不一會兒，鬼燈醫生拿出戴在額頭的圓形反射鏡，和一個大型手電筒。

「要是有可以伸進喉嚨，像棒子一樣的東西就好了……」鬼燈醫生說完後，開始四處張望。

「對了！這兒就有合適的東西啊！」鬼燈醫生一邊笑著大叫，一邊走近骷髏計程車，對骷髏司機說：「那個，骷髏，不好意思，請你助我一臂之力。」

「小事一樁。」骷髏司機一邊用力點頭一邊回答，他的下巴跟著上下晃動。接著他將左手伸進制服的右手袖子裡，拔出右臂。

鬼燈醫生接過骷髏手臂，滿意的說：

「好，太好了。這下子就能將巨鬼肚子裡難纏的傢伙抓出來！」

接著鬼燈醫生衝到巨鬼面前，開始準備前置作業。

「恭平，聽診器交給你了。我從嘴巴看不到巨鬼肚子裡的情形，你負責用聽診器隔著肚皮監聽，再告訴我裡面那傢伙的動靜。」

「知道了！」我毫不猶豫的從鬼燈醫生手中接過聽診器，轉

頭鑽到巨鬼的身體下面，按照醫生指示，將聽診頭貼著巨鬼的腹部。

接著我聽見嘶啞的聲音，有人正在開心的唱著歌。

「謝謝招待！吃得好飽啊！鬼的肚子真好啊，大家快來玩吧！」

我低聲的說：「真的……在唱歌呢……」果然跟鬼燈醫生說的一樣，對方似乎很喜歡在巨鬼肚子裡的生活，開心的唱著歌，到處蹦蹦跳跳。難怪巨鬼會肚子痛。

鬼燈醫生一手拿著手電筒，照亮巨鬼的喉嚨深處，接著說：

「好，看我把你抓出來！」

鬼燈醫生另一手拿著骷髏手臂，輕輕的將手臂放進巨鬼的喉嚨深處。

我專注的透過聽診器監聽巨鬼肚子裡的動靜，可是，肚子裡忽然安靜下來。

剛剛還手舞足蹈的目標，突然變得驚慌失措。我聽見他說：

「咦？欸？什麼？什麼？這是什麼？什麼奇怪的東西跑進來了？」

鬼燈醫生將骷髏手臂再往喉嚨深處伸進去，我立刻聽見巨鬼肚子裡傳來「哇！救命啊！有人來抓我了！」的慘叫聲。

「醫生，再往右邊一點！他在右邊！」我從巨鬼肚子裡的聲音判斷目標的位置，告訴鬼燈醫生。鬼燈醫生控制骷髏手臂的方向，開始在巨鬼肚子裡搜尋目標。

「滾開！住手！不要過來！我喜歡待在這裡，既陰暗又溫暖，還有許多美食可以吃！」

「醫生，再往裡面一點！他在肚子深處，逃到後面去了！」

我再次從聲音判斷位置，提醒鬼燈醫生。

「看我的，別想逃！」鬼燈醫生

將整隻骷髏手臂放進巨鬼的身體裡，直搗肚子深處。

「哇！救救我！放開我，放開我！」目標在巨鬼肚子裡大吵大鬧，看來鬼燈醫生已經抓住他了。

我忍不住大叫：「成功了！」鬼燈醫生立刻將骷髏手臂從巨鬼的嘴裡抽出來。

只見骷髏手臂的大拇指和食指捏著某個小小的黑色物體，那個物

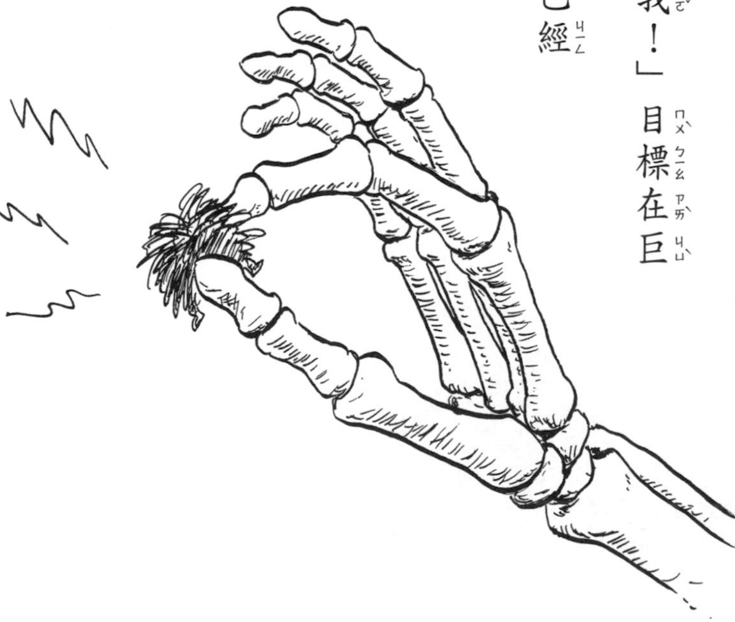

體雖然被抓住了，仍在骷髏手臂的指尖上動來動去，企圖掙脫。

骷髏手臂伸出巨鬼體外後，立刻放開手指；被捏住的黑色物體砰的一聲掉在雪地上，像跳蚤一樣邊跳邊逃。

神奇的是，他每跳一步，身體就變大一寸，直到消失在樹林另一邊時，已經恢復到跟我差不多大小。仔細一看，原來是個老婆婆。

我瞪大雙眼，驚訝的問：「那是什麼？」

鬼燈醫生回答：「那是……山姥。」

「山姥？」我還是搞不清楚這到底是怎麼一回事。「山姥怎麼會在巨鬼的肚子裡？而且還變得那麼小一隻……」

鬼燈醫生開始說起故事：「山姥本來就能隨意變大變小，很可能在她因為某個原因變小的時候，不小心被巨鬼當成食物吃下肚了。你應該聽過《三張護身符》這個民間故事吧？故事裡山姥想吃小和尚，小和尚跑回寺廟請老和尚救他。於是老和尚就跟追到寺廟的山姥說：『我們來比誰的法術比較厲害，你若贏了，我就讓你吃小和尚。』

「山姥答應了，於是就跟老和尚比法術。山姥為了贏老和尚，將身體變小，老和尚說：『什麼啊！才這樣而已？你還能再變小一點嗎？』山姥愈變愈小，最後變得跟豆子一樣大。老和尚就趁這個機會將山姥包進麻糬裡，一口吃掉了。」

我問：「那位老和尚沒有肚子痛嗎？」

「還好老和尚是用麻糬包著山姥吃掉，山姥被麻糬困住，無法在老和尚的肚子裡搞鬼。最後跟著麻糬一起消化掉了。

「話說回來，巨鬼這傢伙

是直接吞下山姥，山姥在巨鬼的肚子裡可以自由活動，才會為所欲為。現在把山姥抓出來了，巨鬼的肚子痛自然不藥而癒。」鬼燈醫生說完後露出笑容，將骷髏右手還給司機。

11看不見的鬼燈媽媽

經過一番折騰，我們終於成功治好巨鬼的肚子痛，準備返回鬼燈醫院。

「真是幫了我一個大忙啊！謝謝醫生。這下子山裡也能恢復平靜了。」雪女笑著感謝鬼燈醫生。

鬼燈醫生拍了拍結成冰的巨鬼肚子，說：「兩、三個鐘頭後冰就會融化，巨鬼就能恢復原本的樣子，可以自由活動。」

骷髏司機說：「先生，我送你一程吧？」

鬼燈醫生婉拒他的好意。「不用了，你的駕駛技術太差了。我會從後院的小木門回醫院，你不用擔心。恭平，走吧，我們回去吧！」

鬼燈醫生從口袋拿出鬼燈球魔法鈴搖了一下。

叮鈴、叮鈴、叮鈴。

清透的鈴聲響起，飄散在四周的空氣裡。這一刻，一道拱形木門出現在我們眼前。

鬼燈醫生轉動門把，將門打開，穿過小門。正當我也要跟著走過去的時候，忽然想起鬼燈媽媽，於是張望著四周。

「咦？」這才發現鬼燈媽媽早就在門的另一邊，可是……她是什

麼時候過去的？鬼燈媽媽在門的另一邊，面帶微笑，招手要我過去。

「恭平，你快一點，門要關起來囉！」鬼燈醫生在門的另一邊呼喚我。

我趕緊穿過木門，回到鬼燈醫院的後院，拱形木門在我身後靜悄悄的關上。

站在寒冷的冬季庭院裡，我又一次環顧四周。

我聽見鬼燈醫生說：「嗯，雪女所在的那座山真的很冷，來喝一杯熱咖啡吧！」接著他轉身走進房子的後方，我猜他應該是去廚房煮水吧？

我站在庭院裡，鬼燈媽媽站在我身邊，目送鬼燈醫生離去。

我從剛剛就很介意，為什麼鬼燈醫生不理會自己的媽媽？既沒打招呼，也沒看她一眼。更讓我疑惑的是，雙方連一句話也沒說。

鬼燈媽媽像是明白我心中的疑惑，輕輕嘆了一口氣，對我說：

「那孩子總是那個樣子，我來看他好幾次了，他連看也沒看我一眼，還不跟我說話。他好像在生我的氣，但我完全不知道他為什麼生氣。」

鬼燈媽媽話一說完，通往房子後方的門打開了，鬼燈醫生又走回後院。

「恭平，我泡一杯熱可可給你喝吧？」鬼燈醫生只跟我說話，絲毫不理自己的媽媽。我不禁同情起鬼燈媽媽，對鬼燈醫生的態度感到生氣。

「醫生，我問你。」我決定豁出去了。「你媽媽難得來看你，你為什麼裝作沒看到的樣子？也不打聲招呼，太沒禮貌了吧？」

鬼燈醫生一頭霧水的看著我：

「你剛剛說誰來看我？」

我指著站在庭院角落的鬼燈媽媽，回答：「你媽媽呀！鬼燈媽媽！醫生，你為什麼完全不理會自己的媽媽？」

鬼燈醫生順著我的手指往鬼燈媽媽的方向看去，一臉驚訝的說：「那裡沒人啊？」

鬼燈媽媽就在眼前，他竟然視若無睹，還說這種話，真是太過分了！不理人就算了，竟然還假裝沒看見！

我生氣的說：「醫生，你太過分了！你媽媽好委屈喔，她明明就在那裡，我相信你也看到了，不是嗎？怎麼還能說那樣的話？」

鬼燈醫生不發一語，眼睛直盯著我看。不一會兒，他深深嘆一口氣，緩緩開口：

「恭平，你在開哪門子的玩笑？你說我媽媽在那裡？那是不可能的事情，因為我媽媽早在七年前就過世了。」

「什麼？」聽到鬼燈醫生這番話，我不禁背脊發涼，慢慢轉過頭，看向站在庭院一角的鬼燈媽媽。

我真的看見了。滿頭白髮、身材嬌小的老奶奶帶著笑容站在那裡。

「這……這是騙人的吧？」

這句話我不是說給鬼燈醫生聽，也不是說給鬼燈媽媽聽。

鬼燈醫生一臉不悅的說：「我能騙人嗎？今天是我媽媽的忌日，所以我一大早就去掃墓。不要再開這種玩笑了。」

「他說的是真的，其實，我是鬼。」鬼燈媽媽笑著說。

「什麼……怎麼會這樣……」我真是欲哭無淚啊！

這麼說來，我剛剛一直在跟鬼說話，而且只有我看得見鬼燈媽媽，其他人和妖怪都看不見她！

我嚇得全身發抖，鬼燈媽媽的靈魂接著說：「不過，我剛剛說的話是真的。我兒子好像在生我的氣，而我完全不知道為什麼。正因為如此，我特地來看他，他也看不見我，聽不見我。他不願對我敞開心房……我要拜託你，幫我問問他，他為什麼生我的氣？」

我吞了吞口水，來回看著鬼燈媽媽的靈魂和鬼燈醫生。我先看看媽媽，再看看醫生。看完醫生後，再看看媽媽。

鬼燈醫生看我發呆的模樣，對我說：「這下你明白了吧？我沒

心情跟你開玩笑，你要是不喝熱可可就回家吧！」

鬼燈媽媽的靈魂又說：「你快幫我問，問他：『你為什麼生你媽媽的氣？』」

「那個……」我支支吾吾的看著鬼燈醫生。

「快問哪！」鬼燈媽媽的靈魂再次催促我。

我已經沒得選擇，決定將鬼燈媽媽的靈魂想問的事情，直接說給鬼燈醫生聽。「你媽媽的靈魂要我問你，你為什麼生她的氣？」

鬼燈醫生氣得臉都脹紅了，憤怒的說：「你還在跟我開玩笑？你再不停止，我就要揍你囉！」

就在此時，鬼燈媽媽的靈魂飄到我身邊，在我耳邊說悄悄話。我將原話直接轉達給鬼燈醫生。

「你媽媽說：『媽媽知道在曾祖父的肖像上亂畫鬍鬚的人不是你，是你哥哥京士朗。』」

鬼燈醫生全身抖了一下，直盯著我看。

接著，鬼燈媽媽的靈魂又在我耳邊說話。

我對鬼燈醫生說：「你媽媽說：『有一次奶

奶養的貓馬羅內頭上的毛被剃光，媽知道這是京士朗做的惡作劇。』」

鬼燈醫生聽我轉述鬼燈媽媽的靈魂說的話，安靜下來，站在原地，動也不動。

過了一會兒，鬼燈醫生低聲的說：「媽媽？」

鬼燈媽媽的靈魂在我身邊笑了出來。「你終於發現我的存在了，真是個令人操心的孩子。」

「這是怎麼一回事……」鬼燈醫生說：「為什麼只有恭平看得見媽媽的靈魂？為什麼我看不見？」

我想起剛剛鬼燈媽媽的靈魂說的話，對鬼燈醫生說：

「你媽媽有說……你不知道為了什麼原因生她的氣，不對她敞開心房，所以她好不容易來看你，你不僅聽不見她說的話，也看不見她。所以，你媽媽想知道你為什麼生她的氣？」

聽完我的解釋後，鬼燈醫生再次陷入沉默。這次沉默的時間很長，氣氛也很凝重。鬼燈媽媽的靈魂一直看著沉默的鬼燈醫生。

好一會兒後，鬼燈醫生垂下肩膀，嘆了一口氣，接著像是將心中所有委屈吐露出來般的說話了。

「還記得我六歲的時候，那年十二月的某一天，媽媽把我忘在路上就自己回家了。那天媽媽帶著我和京士朗去百貨公司買聖誕節禮

物，結果媽媽竟然忘了我，跟哥哥兩個人回家了。」

「哎呀……你就為了這件事生我的氣啊？」鬼燈媽媽的靈魂一臉恍然大悟的樣子。

接著她聳了聳肩，調適情緒後，對鬼燈醫生解釋：

「話說回來，就為了這件事生氣到現在，你也真是個傻瓜。其實媽媽忘在路上的不只是你。還記得嗎？後來我們去遊樂園玩的時候，我就將京士朗忘在遊樂園裡，跟你一起回家了。還有一次我開車帶你和京士朗去看電影，結果竟然忘了我們是開車出門的，帶著你們一起走路回家。你看看我，記性差到沒救了，真是傷腦筋啊！」

我不禁心想：「不會吧！不只把小孩忘在路上，連車也忘記開回家？真是個糊塗媽媽呀……」但我還是一五一十的，將整段話轉述給鬼燈醫生聽。

當我說到鬼燈媽媽不只忘記鬼燈醫生，連哥哥京士朗都忘記帶回家時，醫生的臉上出現一絲竊喜的表情。後來說到連車都忘記開

回家時，鬼燈醫生已經忍不住笑了出來。

「媽媽從以前就是這麼糊里糊塗的。」

鬼燈醫生笑的時候，我感覺身邊冰冷的空氣開始浮動。仔細一看，鬼燈媽媽的靈魂竟然慢慢變透明！

在我驚呼出聲之前，鬼燈醫生早就「啊」的叫了一聲。

「媽！」鬼燈醫生看向逐漸消失的媽媽。

「你終於看見我了。」鬼燈媽媽的靈魂幾乎快要融化在空氣裡，她笑著對醫生說：「下次我來看你時，別再對我視而不見囉！還有……」

鬼燈媽媽的臉龐現在只剩輪廓，溫柔的雙眼不捨的看著鬼燈醫生。

「那條領帶真難看，你不適合橘色圓點圖案。」

鬼燈媽媽的靈魂留下這句話，便消失在我們

眼前。鬼燈媽媽消失後，鬼燈醫生還繼續盯著她之前站著的庭院角落。

我心中想著：「看來今天引誘我進入妖怪世界的，就是鬼燈醫生的媽媽……」鬼燈媽媽想讓我居中翻譯，透過我解開她長久以來心中的疑惑，才會搖響鬼燈球魔法鈴，打開通往妖怪世界的入口大門，藉此引我入內。

我不發一語的待在後院，想著這一切。

「好了，」不一會兒，鬼燈醫生說：「恭平，我煎鬆餅給你吃吧！我媽媽以前常煎給我吃，我現在突然很想吃媽媽做的鬆餅。今天多虧你的幫忙，就當作是我的一點心意。」

我還沒吃午餐，現在肚子餓死了。

我心想：「還沒吃午餐就先吃鬆餅，回家後一定會被媽媽罵。唉，不管她了。難得有機會吃到鬼燈醫生煎的鬆餅。」

在從後院進入診間之前，我回頭看了一眼鬼燈媽媽剛剛站著的地方，突然發現一件事。

「欸……梅花開了……」

庭院角落的梅樹枝幹上，開了一朵白色梅花。

春天真的要到了。

那朵梅花獨自在冷冽寒風中綻放，我深吸一口氣，感受梅花香氣，轉身走進診間。

鬼燈京十郎的信

母親大人：

相隔這麼多年，今天能再見到您，兒子感到很開心。我從來沒發現，原來您不時會到我的醫院來看我。

雖然我沒察覺到您來了，但還是為我不理會您的事情說聲抱歉。今天終於能再見到您，我真的萬分欣喜。我得好好謝謝我的助手恭平才行，多虧他，我才能和您重逢。

那小子膽子很小，做事冒冒失失，又很不可靠；但心地善良，

總是能協助我完成工作。這次他能在我出門的時候，憑自己的力量克服難關，真的很不簡單。不過，這次他單槍匹馬的跑去醫治巨鬼，我覺得很危險。要是有個閃失，說不定就會被巨鬼一口吃下去了。真不明白他為什麼要做這麼衝動的事情？下次一定要問清楚，好好罵他一頓。真是個找人麻煩的傢伙。

最後，希望母親有機會一定要再來玩。妖怪世界與靈魂世界相距不遠，期待再次與您見面的日子，到時候我們再一起吃鬆餅。再見了，請您保重。

鬼燈京十郎

讀書會之妖怪小學堂

吃人妖怪大集合

在世界各國的童話故事和民間傳說裡，
有很多巨人和會吃人的妖怪，
而且有些還特別愛吃小孩。
讓我們一起來看看
有哪些喜歡把人當晚餐的妖怪吧。

北歐神話裡的巨怪

巨怪（Troll）是北歐神話裡一種不太聰明的吃人巨人，他們居住在山上或洞穴裡，專門守護地底下的財寶——這些財寶一旦遇見陽光就會變成石頭。

歐洲傳說裡的食人魔

在奇幻文學裡經常出現的食人魔（Ogres），據說是一種身材高大肥胖、手臂粗壯、力大無窮的怪物。他們的頭腦簡單，喜歡居住在陰暗的洞穴、廢棄的城堡、荒蕪的森林裡。通常只想著吃，食欲很大，最喜歡吃肉類，包含活生生的家畜和家畜的主人；他們也會攻擊穿越深山的商隊和路人。

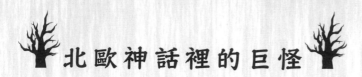

荷馬史詩裡的獨眼巨人

在希臘神話裡有一個會吃人的獨眼巨人名叫波呂斐摩斯（Polyphemus），據說是海神波塞頓的兒子；他在荷馬的史詩故事裡，曾經被希臘英雄奧德修斯戲弄。當時，正要航行返家的奧德修斯停泊在西西里島，結果意外來到波呂斐摩斯的洞穴裡。

這位獨眼巨人發現外人以後，用巨石堵住洞口，然後吃掉好幾個人。為了逃走，奧德修斯故意請波呂斐摩斯喝酒，用烈酒把巨人灌醉，還告訴巨人，他的名字叫「沒有人」。等巨人睡著了，奧德修斯等人就用削尖的橄欖樹樁插入巨人的眼睛裡。瞎了眼的巨人只能痛呼「沒有人攻擊我！」其他巨人以為他在說夢話，也沒有人來幫助他，奧德修斯等人才得以抱著羊肚子安全的逃回船上。

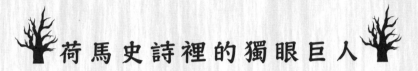

日本傳說裡的山姥

據說山姥是一種躲在深山裡的妖怪，常會化身為美麗的婦人或老婆婆，招呼山中的旅人到她的屋子裡借宿用餐，然後等旅人睡著了，就把他吃掉。山姥也被稱為「山母」、「山姬」等。

關於山姥比較有名的民間故事，就是「三張護身符」的故事；雖然因為流傳的地區不同而有敘述上的差異，但故事大概是小和尚為了老和尚交代的任務要到山裡去，可是，回來時天色晚了，遇到一位老奶奶邀他到家裡去，結果老奶奶就是山姥，她打算把小和尚吃掉。小和尚運用機智和老和尚交給他的三張護身符，山姥反而被老和尚算計，自己變小變成豆子，反而被老和尚吃掉了。

《山海經》裡的吃人獸

中國神話傳說裡有一本專門描述上古山川神獸的經典名叫《山海經》，裡面記載好幾種會吃人的怪獸。這裡先舉幾個例子：

彘（音ㄓˋ）：這是一種體型相當巨大的豬，他們住在浮玉之山上，外型像老虎，尾巴卻是牛尾，叫聲像狗。（南山經）

蠱雕：這是一種似鳥非鳥的食人怪獸，住在鹿吳之山和澤更之山之間，外型像鵰，頭上長角，叫聲像嬰兒般啼哭。（南山經）

獓（音ㄠˊ）因：住在三危之山上面的野獸。他們的外型像牛，全身是白色的，有四支角；身上的毛髮像披著簑衣一樣。（西山經）

諸懷：這種怪獸居住在北岳之山，他們的外型看起來像牛，有人的眼睛和豬的耳朵，叫聲很像大雁鳴叫。（北山經）

還有更多神話裡的怪獸等待你去發現哦。

小時候會讀、喜歡讀，不保證長大會繼續讀或是讀得懂。我們需要隨著孩子年級的增長提供不同的閱讀環境，讓他們持續享受閱讀，在閱讀中，增長學習能力。這正是【樂讀 456】系列努力的方向。 ——中央大學學習與教學研究所教授 **柯華葳**

系列特色

1. 專為已經建立閱讀習慣的中高年級以上讀者量身打造。
2. 兩萬到四萬字的中長篇故事，培養孩子的閱讀續航力。
3. 多元化題材及結構完整的故事內容，全面提升閱讀、寫作及表達能力。
4. 「456 讀書會」單元，增進深度理解與獲得新知。

妖怪醫院

世上絕無僅有的【妖怪醫院】開張了！
結合打怪、推理、冒險……「這是什麼鬼！？」
新美南吉兒童文學獎作家富安陽子
最富「人性」與「療效」的奇幻故事

故事說的是妖怪，文字卻很有暖意，從容又有趣。書裡的妖怪都露出了脆弱、好玩的一面。我們跟著男主角出入妖怪世界，也好像是穿越了我們自己的恐懼，看到了妖怪可愛的另一面呢！

——知名童書作家 **林世仁**

生活寫實故事，感受人生中各種滋味

★北市圖好書大家讀推薦入選
★教育部國民中小學新生閱讀推廣計畫選書

★教育部性別平等教育優良讀物
★文建會台灣兒童文學一百選
★中國時報開卷年度最佳童書
★新聞局中小學優良讀物推介

★中華兒童文學獎
★文建會台灣兒童文學一百選
★「好書大家讀」年度最佳讀物
★新聞局中小學優良讀物推介

創意源自生活，優游於現實與奇幻之間

★系列曾獲選好書大家讀年度最佳讀物獎、入選義大利波隆那同書展臺灣館推薦書

《神祕圖書館偵探》系列，乍聽之下是個圖書館發生疑案，要由小偵探解謎的推理故事。細讀後發現不完全是如此，它除了「謎」以外，也個充滿想像力的奇幻故事。

——臺南大學附設實驗小學教師 **溫美玉**

掌握國小中高年級閱讀力成長關鍵期

樂讀456，深耕閱讀無障礙

學會分析故事內涵，鍛鍊自學工夫，增進孩子的閱讀素養

奇想三國，橫掃誠品、博客來暢銷榜

王文華、岑澎維攜手說書，用奇想活化經典，從人物窺看三國

本系列為了提高小讀者閱讀的興趣，分別虛構了四個敘述者的角度，企圖拉近歷史與孩子之間的距離，並期望，經由這些人物的事蹟，能激發孩子對歷史的思考，並發展出探討史實的能力。

—— 東華大學中文系教授、「三國學」專家 **王文進**

一般人只看到曹操敗得多淒慘，孔明贏得多瀟灑，我卻看見曹操的大器，拿得起，放得下！

—— **王文華**

如果要從三國英雄裡，選出一位模範生，候選人裡，我一定提名劉備！

—— **岑澎維**

孔明這位一代軍師生在當時是傑出的軍事家，如果生在現代，一定是傑出的企業家！

—— **岑澎維**

孫權的勇氣膽略，連曹操都稱讚：生兒當如孫仲謀！

—— **王文華**

黑貓魯道夫

一部媲美桃園三結義的黑貓歷險記

這是一本我想寫了好多年，因此叫我十分妒羨的書。此系列亦童話亦不失真，充滿想像卻不迴避現實，處處風險驚奇，但又不失溫暖關懷。寫的、說的，既是動物，也是人。

——知名作家 **朱天心**

★「好書大家讀」入選
★榮登博客來網路書店暢銷榜
★日本講談社兒童文學新人獎
★知名作家朱天心、番紅花、貓小姐聯合推薦

★「好書大家讀」入選
★日本野間兒童文藝新人獎
★日本路傍之石文學獎
★知名作家朱天心、番紅花、貓小姐聯合推薦

★知名作家朱天心、番紅花、貓小姐聯合推薦

★日本野間兒童文藝獎

妖怪醫院 7

我是妖怪醫生的助手！

作者｜富安陽子
繪者｜小松良佳
譯者｜游韻馨

責任編輯｜許嘉諾
美術設計｜林佳慧、Abrand Design
行銷企劃｜葉怡伶

發行人｜殷允芃
創辦人兼執行長｜何琦瑜
副總經理｜林彥傑
總監｜林欣靜
版權專員｜何晨瑋、黃微真

出版者｜親子天下股份有限公司
地址｜台北市 104 建國北路一段 96 號 4 樓
電話｜（02）2509-2800　傳真｜（02）2509-2462
網址｜ www.parenting.com.tw
讀者服務專線｜（02）2662-0332　週一～週五：09:00~17:30
讀者服務傳真｜（02）2662-6048
客服信箱｜ bill@cw.com.tw
法律顧問｜台英國際商務法律事務所・羅明通律師
製版印刷｜中原造像股份有限公司
總經銷｜大和圖書有限公司　電話：（02）8990-2588

出版日期｜ 2017 年 9 月第一版第一次印行
　　　　　2021 年 1 月第一版第十次印行
定　　價｜ 260 元
書　　號｜ BKKCJ043P
I S B N ｜ 978-986-95267-3-9

訂購服務
親子天下 Shopping ｜ shopping.parenting.com.tw
海外・大量訂購｜ parenting@cw.com.tw
書香花園｜台北市建國北路二段 6 巷 11 號 電話（02）2506-1635
劃撥帳號｜ 50331356 親子天下股份有限公司

國家圖書館出版品預行編目資料

妖怪醫院7：我是妖怪醫生的助手！／富安陽子文；
小松良佳圖. -- 第一版. -- 臺北市：親子天下, 2017.9
136面；17×21公分. --（樂讀456系列；43）
ISBN 978-986-95267-3-9（平裝）

861.59　106014273

BOKU WA OBAKE ISHA NO JOSHU-NAIKA OBAKEKA HOOZUKI IIN
by YOHKO TOMIYASU and YOSHIKA KOMATSU